EMILE LESUEUR

L'Artois poétique

Edition de la Revue " LA PROVINCE "

1905

DU MÊME AUTEUR

La Moisson de gloires, épopée, Quarré, éditeur à Lille, 1900.

Chants au clocher, poésies, Taillandier, éditeur à Paris, 1900.

Cendres de roses, poésies, Taillandier, éditeur à Paris, 1901.

L'Éducation sociale, Taillandier, éditeur à Paris, 1903.

Eveil de l'idée démocratique en France, au XVIᵉ siècle, Edition du journal *l'Avenir d'Arras*, 1904.

La poésie des gueux, Edition du journal *la France du Nord*, 1904 (épuisé).

L'Agriculture et les syndicats agricoles dans le Pas-de-Calais, Edition de la *Librairie agricole de la Maison rustique*, à Paris, 1905.

TOURS, IMPRIMERIE PAUL BOUSREZ.

EMILE LESUEUR

—

L'Artois poétique

Edition de la Revue " LA PROVINCE "
1905

L'ARTOIS POÉTIQUE

L'Artois est l'une des provinces les plus poétiques de France... Ceci peut paraître une affirmation gratuite ; c'est, dira-t-on, l'opinion prétentieuse, exagérée, de quelque enfant du pays qu'égare un amour démesuré de la petite patrie septentrionale.

Il n'en est rien; l'Artois est une contrée poétique, et poétique non seulement par le souvenir des grands hommes qu'elle a nourris jadis, des évènements et des hauts faits auxquels son nom se rattache intimement, mais encore par sa nature, par ses horizons, par son labeur d'aujourd'hui.

Pour s'en convaincre, il suffit de jeter les yeux autour de soi : voici nos beffrois en dentelles, carillonnant leurs vieux refrains, nos places flamandes, nos plaines s'étendant à perte de vue, recevant en leurs flancs les fécondes semailles et, séparant ces limpides parterres des pays miniers au fond uniformément grisâtre, une large ceinture boisée de collines que dominent les deux vigilantes tours de Mont-Saint-Eloi, vestiges lamentables d'un autre âge.

Or, le contraste s'accentue à nos yeux : ici, la Scarpe ondoyante et légère, parcourant la vallée agricole d'une trame d'argent, la Scarpe à laquelle vont boire nos troupeaux et qu'ombragent nos saules alanguis, et là, de l'autre côté des collines, perdant peu à peu l'aspect de cette campagne bucolique, l'immense plaine houillère descendant vers Lens, presque sans arbres, mais peuplée de ces hautes cheminées d'usines, jalonnée de terrils pyramidaux et recevant, géhenne quotidienne, dans ses entrailles, des milliers d'ouvriers noircis, avec un large geste de bonté, de travail fécond et de progrès.

Tout cela nous paraît avoir une beauté souveraine, une souveraine poésie ; pourquoi donc chercher ailleurs l'inspiration, quand nos horizons, à peine connus et magnifiques, nous sollicitent ?

Telle était la pensée du vieux poète artésien Jules Breton [1] :

> D'autres courent bien loin pour trouver des merveilles.
> Laissons-les s'agiter; dans leurs fiévreuses veilles,
> Ils ne sentiraient pas ta tranquille beauté.

Nous ne mériterons pas un tel reproche : parcourons nos gaies campagnes, nos bois délicieux, recevons dans nos cœurs les airs naïfs de nos carillons, mêlons-nous à la foule ardente des mineurs qui sortent de la fosse, connaissons d'abord notre petite patrie, puisqu'il faut la bien connaître, pour l'admirer et pour l'aimer !

Et, s'il nous vient une pensée d'orgueil devant ces trésors insoupçonnés, qu'importe !

Qu'importe, puisque nous serons dans notre rôle, dans la saine tradition, ainsi que le disait cet autre poète artésien Albert Lantoine [2] :

> Sonne l'orgueil, poète ! au fond des cœurs maudits ;
> Fais triompher la joie aux frissons de ton verbe;
> Que l'homme se redresse en un élan superbe...
>
> . . . .
>
> Que sans lever des yeux de tristesse aux cieux morts,
> Il chasse sa torpeur et ses trop lourds remords,
> Car le meurtre des dieux n'a pas tué le monde !

---

[1] Jules Breton, né à Courrières, en 1827, *Les Champs et la mer*, pièce citée par M. A.-M. Gossez, à la page 42 de ses *Poètes du Nord*.
[2] Albert Lantoine, né à Arras, en 1869, *Le Livre des heures*, page 15.

.*.

Nos villes !... Elles ont des aspects curieux, héroïques parfois, parfois simples, discrets ou mélancoliques, jamais guerriers, surtout depuis que leurs remparts anciens ont disparu.

« Autour de la place, écrit Paul Adam [1], un fils d'Artois quelque peu oublieux, sur leurs basses arcades, les maisons hanséatiques ouvrent à leur pignon angulaire l'œil en veille de leurs rondes croisées.

« Comme une reine nuptiale, la Maison de Ville, toute en dentelles de pierres, avance les feuillures découpées de ses balcons, ses crevés en ogives, sa tour carillonnante, laurée et couronnée d'un diadème de prince où culmine le lion héraldique dressé et rugissant aux campagnes l'orgueil éployé de son oriflamme.

« Sur cette place vide ainsi qu'un décor scénique, dallée de losanges, ne devraient-elles pas surgir, les Corporations, toutes bannières au vent, que suivraient les arquebusiers de Rembrandt en collerettes et blanches écharpes, si peu militaires de leurs larges panses flamandes et traînant de lourdes pertuisanes orfévrées ? »

Hélas ! dans ce décor, les acteurs manquent souvent de pittoresque ; nous leur voudrions, à défaut des vertus flamandes chères à Téniers, le simple respect du cadre merveilleux dans lequel ils se meuvent, peut-être des attitudes moins bourgeoises, et le culte plus vivace de la beauté.

Mais voici que le spectacle change : le marché du samedi attire la foule nombreuse des paysans : ils sont venus, gauches dans leurs blouses bleues qu'ils portent encore à la manière de leurs ancêtres, conduisant, le fouet à la main, les longues théories des chariots rem-

[1] Paul Adam, né à Arras, *En décor*, page 9.

plis de grains mûrs; ils ont des jurons sonores, ils
ont de muettes espérances; comme leurs aïeux, ils
vivent du dur labeur, là-bas, dans la modeste chau-
mière du modeste village qui s'estompe sous la raie
bleue de l'horizon; comme leurs aïeux, ils viennent,
au même jour, occuper la même place, devant les
vieilles arcades; ils ont les mêmes gestes, les mêmes
craintes, les mêmes mots, et d'eux ne pourrait-on pas
dire, avec Sébastien-Charles Lecomte [1] :

> Ils sont ce qu'ils étaient aux jours profonds du monde,
> Comme si, doux et forts, et tristement altiers,
> Ils étaient au soleil, dont l'éclat les inonde,
> Du creux des tertres sourds resurgis tout entiers.

Les campagnards donnent à la ville morne une
poésie nouvelle... Le soir, ils s'en retourneront, las et
soucieux, chargés des emplettes de la journée, l'esprit
plein des responsabilités encourues, le cœur lourd de
leur destinée incomprise...

Autour d'eux se déroule le paysage d'Artois qu'ils
ne goûtent certainement pas, peut-être parce que
chaque parcelle de la terre fertile fut arrosée par leurs
sueurs.

Pourtant le village qui va les recevoir n'a-t-il pas,
lui aussi, sa beauté, sa beauté rustique et sévère?
Jules Breton [2] a retracé le charme de ces humbles
bourgs et de leurs environs :

> Lorsqu'à travers ta brume, ô plaine de Courrières,
> L'ombre monte au clocher dans l'or bruni du soir,
> Que s'inclinent tes blés comme pour la prière,
> Et que ton marais fume, immobile encensoir;
> Quand reviennent des bords fleuris de ta rivière,
> Portant le linge frais qu'a blanchi le lavoir,
> Tes filles, le front ceint d'un nimbe de lumière,
> Je n'imagine rien de plus charmant à voir.

[1] Sébastien-Charles Lecomte, né à Calais, d'une famille de l'Artois, en 1865, *La Tentation de l'homme*, page 125.
[2] Jules Breton, *loc. cit.*

Parfois, la poésie du site s'enguirlande do souvenirs anciens ; ainsi le poète Georges Casses [1], un Arverne que le hasard a fait vivre dans son enceinte, salue en vers charmants le camp de César d'Etrun, près d'Arras :

> Qu'as-tu fait de la soldatesque
> Que tu lançais contre le Nord ?
> Ton site est toujours pittoresque ;
> Les fontaines du Gy, la Scarpe
> Baignent toujours tes bords ombreux
> T'entourant d'une verte écharpe.

Mais où sont les appels du buccin ? On n'entend plus le retentissement du camp et la romance des salons remplace le vacarme et les jurons des guerriers : le souvenir glorieux va disparaissant sous quelque secret anathème :

> Ô camp d'Etrun ! Quelle souffrance,
> Quelle affreuse injure pour toi,
> Pour ta « Porte Prétorienne » :
> Voir passer, — au lieu du convoi
> Qu'escortait la troupe romaine,
> Casque en tête et la lance au poing, —
> Parfois des bœufs, tantôt un âne
> Traînant un chariot de foin.

Ces souvenirs, ces coutumes, ces carillons sont la poésie de nos villes et de nos bourgs d'Artois, et quand, courant à l'aventure, à la recherche d'émotions étrangères, le poète s'égare vers Douai au blason rouge des fiertés flamandes, vers Anvers dominant le Steen de ses fins clochers aériens, vers Gand ou vers Bruges, Paul-Auguste Massy nous dit qu'il revient toujours avec bonheur à Arras, au doux nid qu'il a quitté [2] :

[1] Georges Casses, né à Laguiole, habita l'Artois de 1893 à 1895, *Mes Olivettes*, page 63.
[2] Paul-Auguste Massy, né à Cherbourg, d'une famille artésienne, en 1819, *Au pays des Carillons*, page 93, pièce citée par M. A.-M. Gossez, à la page 211 de ses *Poètes du Nord*.

Arras, cité poétique
Par nos Trouvères chantée
Dans tes Puys, et qu'ont fêtée
Les chambres de Rhétorique.

Même Roi, je ne saurais
Sans souffrir t'abandonner,
Et s'il fallait te donner
Pour Bruge eh bien ! je mourrais

Pardonne-moi donc, oublie !
C'était un enfantillage
Comme il arrive au plus sage
D'en commettre dans la vie.

Pour mille et une raisons
Je t'aime et je t'appartiens.
Toujours à toi je reviens
Quand j'ai battu les buissons.

Et toujours, partout, fidèle,
A toi je pensais encore,
A chaque lever d'aurore,
Dans Anvers et dans Bruxelle.

Je croyais, en mon sommeil,
Entendre tes carillons,
Je rêvais des grands lions
Timbrant ton écu vermeil.

***

Si des villes, des bourgs, nous descendons vers les plaines d'Artois, nous découvrons un contraste charmant, noté déjà, entre la vallée de la Scarpe d'une part, et, de l'autre, les pays houillers : ici travail dans l'action, dans la fièvre quotidienne, dans le mouvement ininterrompu ; là, travail dans le silence, dans le calme du milieu ambiant, dans le recueillement.

La mine, ruche immense où bourdonne un magnifique essaim humain, a ses admirateurs, poètes élevés dans ses flancs comme Jules Mousseron, ou parfois romanciers en quête d'émotions neuves.

Parmi ceux-ci, Emile Morel —encore un Artésien [1] — qui puisait hier l'inspiration de *Névrose* dans la Renaissance italienne, va publier sous le titre *Multitude, solitude,* un ensemble de nouvelles et de poèmes en prose écrits à Lens parmi les mineurs devenus ses confidents.

L'auteur s'est attaché à rendre l'existence de ces vaillants qui donnent chaque jour quelques instants de leur vie, nécessairement abrégée, pour réchauffer les mondes ; il a voulu décrire, en des teintes neuves et vraies, les scènes des heures de labeur ou de repos, exprimant leurs vices et leurs vertus insoupçonnées, leur idéal social, leurs jeux, leurs passions, les plaçant dans leur cadre, aussi bien dans le coron bruyant que parmi l'atmosphère de machines amoureusement détaillées.

Voici l'un de ces pastels de la mine lensoise : « Un coup de sifflet, répondant à la sonnerie, a vrillé le hall du triage ; la source qui l'alimente va tarir, jusqu'à ce que ceux qui ont saigné les veines noires de la terre soient remontés. Avec une gaîté bruyante, une exubérance de jeunesse qui a été opprimée par la discipline, les trieuses se bousculent, enjambent les glissières, sautent les degrés des gradins de criblage, ce qui fait vaciller, sous la cotonnade, les pointes de leurs seins.

« Les plus impatientes à atteindre le carré libre de machineries, où elles vont toutes prendre leur repas, pincent les croupes de celles qui les précèdent et qui se retournent alors en criant des mots abominables.

« Assises sur le carrelage, le dos appuyé contre le mur, où contre des civières pleines de schiste, elles retirent les chantaux de pains des musettes de toile.

« Les dents qui mordent avidement apparaissent très blanches, et dans les visages souillés par la poussière noire les yeux largement cernés de bistre ont un éclat étrange.

[1] Emile Morel, né à Arras, *Multitude, solitude,* page 21.

« La petite souffreteuse n'est pas avec les autres.... »

Dans son livre, l'auteur n'a formulé aucune conclusion ; il laisse ce soin au lecteur, qui éprouvera une émotion vive et saine, un sentiment de lassitude, de mélancolie et de pitié.

C'est dans l'une des fosses de Béthune, que le poète Georges Casses [1] a pris son type de François le mineur :

> La lampe à la ceinture et le pic à la main, .
> Hier, il descendit, joyeux, à la houillère...

Mais le grisou, ce vampire inhumain, a abrégé son rêve de bonheur.

La mine a donc inspiré nombre de nos poètes et de nos romanciers, il en fut de même pour notre vie des champs.

Nous rencontrons, à chaque page, dans les livres d'Edouard Noël, d'Albert Lantoine ou de Paul Adam, la description magnifique de quelque coin perdu des paysages d'Artois.

Ces auteurs aiment placer l'action de leurs romans dans le cadre cher, parmi les souvenirs de leur jeunesse.

Et nous voyons revivre ainsi ces pieux cottages de famille, ces bois, ces prés, ces modestes ruisseaux de campagne, ces sources inconnues, qui reprennent un délicieux renouveau, au frais baiser de l'actualité.

Puis ce sont, dans des poèmes agrestes, toutes les phases du quotidien labeur des champs. Ecoutons Jules Breton [2] :

> Le village se perd dans l'or. Chaque chaumière
> Ceinte de blonds épis chante dans la lumière
> Et regarde passer les fauves cargaisons,
> Si hautes qu'on croirait de mouvantes maisons.
> Le câble en les serrant creuse une large ornière
> D'où flottent les épis relevés en crinière.

[1] Georges Casses, loc. cit.
[2] Jules Breton, loc. cit.

G. Nazim a chanté le *Moissonneur* d'Oisy-le-Verger ; Edouard Noël a dit la sagesse et la prudence de *Rose*, la gentille bergère de la vieille ferme de Mont-Saint-Eloi ; et Paul-Auguste Massy a composé, *loin des cités*, la mélodieuse *Chanson des œillettes* [1] :

> De tout cœur nous applaudissons,
> Nous, gens du Nord, gens sans façons,
> Car francs buveurs, gentils poètes,
> Nous aussi, nous improvisons
> Des vers allègres, des chansons,
> Mais à la gloire des œillettes.
>
> Œillettes, sœurs des doux pavots,
> J'aime vous voir, comme des flots,
> Onduler, l'été, dans nos plaines,
> Vous dérobant et vous offrant
> Tour à tour aux baisers du vent,
> Souples, frémissantes, hautaines.

Mais n'oublions point la bière, qui est le vin de chez nous, la bière blonde des pots d'étain et des chopes de grès, qu'on boit à la ronde dans nos vieux cabarets...

Et ces douces chansons, ces chansons légères de nos campagnes s'élèvent dans les airs, comme, en été, la fumée grise des monts de pailles enflammés, tandis que :

> Sur le ciel bleu, là-bas, tout au loin, se profile
> Arras avec ses tours, son beffroi triomphal ;
> Et le grand soleil met comme un manteau royal
> Sur ce qui reste encor des murs de notre ville.

∗∗∗

Quant aux hommes de l'Artois, ils ont été l'objet de très vives critiques, pour leur esprit souvent ridiculement bourgeois et prétentieux : on se souvient des lignes parfois cruelles et souvent vraies de *En*

[1] Paul-Auguste Massy, *Loin des cités*, page 31.

décor, de Paul Adam, et des *Mascouillat*, d'Albert Lantoine.

Nous n'analyserons pas ces œuvres, intéressantes sans doute, mais non exemptes d'un certain parti pris.

Comme, cette année, l'Académie d'Arras n'avait produit aucun travail digne d'être relaté, l'aimable poète épicurien Victor Barbier, à ses heures de loisir secrétaire de cette Société, a montré, dans son rapport, ce travers qu'ont les hommes de lettres arrivés de qualifier, fort injustement selon lui, les mœurs de province.

Mais les travers dénoncés existent ; ils existent de toute évidence et peut-être est-il, en principe, plus utile et plus sage de les dévoiler au grand jour de la critique, que de les céler éperdûment...

Parfois cette critique ne porte que sur un type particulièrement ridicule ; c'est ainsi que, dans le *Chemin de Lourdes*, Edouard Noël nous présente un certain Benjamin Fresne, avoué en Artois [1] :

> Un cierge en main, cilice au corps,
> Pieds nus, bravant tous les records,
> Mons Fresne a pris gaîment sa course
> Vers le pays où l'eau de source
> Miraculeusement guérit
> Les maux du corps et de l'esprit.
> A Lourde, il a dit sa prière,
> Frappé son sein, bu de l'eau claire,
> Et dans la vasque, saintement,
> S'est trempé par amendément.

Or, après que chacun eût pu admirer ce repentir et l'indice de si belles vertus, mons Fresnes déclara, paraît-il :

> Je veux passer encor des jours
> Tissés de soie et de velours...

et il revint en Arras moins converti que jamais...

[1] Edouard Noël, né à Arras, en 1849, *Les Petits vers d'un joueur de flûte*, page 119.

Mais Victor Barbier lui-même [1], qui se montre si sévère à l'égard des hommes de lettres critiquant leurs concitoyens, n'a-t-il pas jadis exercé sa verve satirique contre ceux-là qu'il défend aujourd'hui ?

On sait que l'aimable auteur s'est fait l'historien des Rosati ; or il en fut aussi le poète, en un à-propos dont voici quelques passages :

> Abbé, robin ou militaire,
> Aimant Rousseau, flattant Voltaire,
> Du sort jamais bien mécontent,
> Parce qu'il sait, en toute chose
> Et partout, ne voir que du rose,
> Voilà le Rosati d'antan !
> Musicien, poète, artiste,
> Ayant le même refrain triste
> Au fond du cœur et du cerveau,
> Jusque dans ses gaîtés, morose,
> A la merci de la névrose.
> Voici le Rosati nouveau !
>
> Improviser des chansons folles,
> Et risquer des propos frivoles,
> Sans songer qu'il n'en faut pas tant
> Pour qu'un sot jette, un jour, la pierre
> A Carnot comme à Robespierre,
> Voilà le Rosati d'antan !
> A tout prix se faire connaître,
> Traiter ses amis de *cher maître*,
> Volontiers se mettre au niveau
> De Baudelaire et de Verlaine,
> Trouver qu'Hugo manque d'haleine,
> Voilà le Rosati nouveau !

La comparaison, qui se prolonge six strophes durant, n'est pas, ce nous semble, à l'avantage des Rosati d'aujourd'hui, dont Victor Barbier est, du reste, l'un des premiers...

Mais ce ne sont là que joyeuses ripostes ou que-

[1] Victor Barbier, né à Arras, *Rosati d'antan, Rosati nouveau.*

relles d'écoles ; qu'importent les défauts, pourvu qu'on les connaisse et que l'on s'en corrige.

Et puis, au fond du cœur, tous les fils d'Artois ne sont-ils point unis par un même amour de la petite patrie septentrionale, et chacun d'eux n'accepterait-il point d'écrire, sur sa tombe, l'*ultima voluntas* que composait Edouard Noël [1] :

> Il est un coin de terre, en Artois, près d'Arras,
> Terre d'où je naquis, où reposent ma mère
> Et mon frère... où je veux à l'heure du trépas,
> M'endormir, à mon tour, du sommeil de la terre...

⁂

L'Artois est donc bien une terre prédestinée, comprise à la fois des artistes et des poètes, depuis le joyeux Adam de la Halle, l'une de nos gloires les plus pures, dont deux auteurs contemporains ont modernisé le jeu de *Robin et de Marion*, depuis l'époque aimable où se réunissaient, sous les berceaux fleuris de Blangy, les premiers Rosati, dont les noms nous sont chers : Lazare Carnot, Robespierre, Dubois de Fosseux, depuis lors, les générations nouvelles ont conservé, sans doute avec plus ou moins de bon goût et de fidélité, leurs traditions d'atticisme et d'humour.

Dans ce rapide coup d'œil sur l'Artois poétique, nous avons omis plusieurs poètes qui s'y rattachent d'une façon plus indirecte : c'est le maître Verlaine, dont la mère était artésienne, mais qui oublia tôt, dans le tourbillon d'une carrière brillante et d'une vie aventureuse, le doux bercement de nos vieux carillons du Nord ; ce sont les deux poètes de si différente allure, Henri Malo et Jehan Rictus, qui sont originaires de Boulogne-sur-Mer ; c'est Henri Potez qui chanta son pays natal, le Ponthieu : « J'ai traversé,

[1] Edouard Noël, *loc. cit.*, page 269.

écrit-il, d'autres rêves — dont j'ai connu l'inanité ; — j'ai, comme toute ma génération un peu désorientée, écouté des professeurs de découragement ; je me suis replié sur moi-même, je me suis isolé dans la contemplation des œuvres d'art, j'ai été un subjectif. »

Ces trois noms, avec les auteurs cités, composent notre Artois poétique.

Or, l'on nous dira peut-être que, pour une terre dont on se plaît à reconnaître la poésie, elle compte, de nos jours, — aussi bien dans le monde des lettres que dans celui des arts, — assez peu de noms célèbres, ou simplement connus.

Un tel reproche n'est point immérité. La raison en est simple.

Dans certaines villes septentrionales, pourtant moins pittoresques en elles-mêmes que les nôtres, les pouvoirs publics joignent leurs efforts à ceux de généreux Mécènes, à ceux d'associations vivaces et puissantes, pour permettre à tout jeune talent de se produire.

L'Artois, à ce point de vue, est peu favorisé ; les petites chapelles académiques ne jouissent naturellement d'aucun renom et d'aucune influence : d'autre part, les Mécènes sont presque inconnus...

Les seules tentatives qui méritent d'être relevées sont l'*Alliance septentrionale* et l'*Union artistique du Pas de-Calais*, l'une et l'autre groupant une phalange de bonnes volontés.

De telles initiatives devraient être généralisées, facilitant l'éclosion de tout réel talent, provoquant, inspirant, encourageant, réconfortant toute aspiration vers l'idéal de beauté.

Nous pensons qu'entre les poètes et les artistes d'une part et ceux qui, d'autre part, leur sont aussi nécessaires que la rosée matinale à l'épanouissement des fleurs, il n'y a qu'un simple malentendu.

Il est de notre devoir de le dissiper, dans un geste très large de solidarité artistique et humaine.

Mais surtout ne désespérons pas de notre cher petit coin de terre ; la conscience de ses habitants ne peut se parfaire en un seul jour, puisque ceux-ci sont, par nature, défiants et peu portés aux innovations.

Leur éducation artistique, comme leur éducation politique, doit se commencer sans tapage et sans vaine déclamation, se poursuivre sans heurts, sans transitions brusques, par la force même des choses, sous l'influence définitive de leur large bon sens.

C'est ainsi que se prépare une génération nouvelle plus apte à connaître, plus consciente et plus forte.

Pour cette tâche nécessaire, peut-être les efforts se coordonneront-ils demain...

Adaptant à notre cause les magnifiques vers de Sébastien-Charles Lécomte [1], souhaitons voir enfin :

> Sous le portique obscur de la nuit cinéraire,
> Au mépris du barbare et des cieux oppresseurs,
> La théorie aux bras sacrés des Vierges sœurs
> S'arracher aux liens d'un sommeil millénaire,
>
> Pour ramener un jour vers ta chère cité,
> Vers la Scarpe celtique et ses rives célèbres,
> Après dix siècles noirs de haine et de ténèbres,
> Et la Pensée antique et l'antique Beauté !

Ce rêve entrevu, ce serait le réveil triomphal de toutes les forces de vie et d'espérance, ce serait, plus qu'un effort, la régénération tant attendue, tant espérée, de l'Artois poétique.

[1] Sébastien-Charles Lécomte, *Le Sang de Méduse*, page 188.

TOURS, IMPRIMERIE PAUL BOUSREZ

www.ingramcontent.com/pod-product-compliance
Lightning Source LLC
Chambersburg PA
CBHW061526170626
46811CB00004B/1864